# ESCOLHA
## — SEU —
# DRAGÃO

ROSANA RIOS & NIREUDA LONGOBARDI

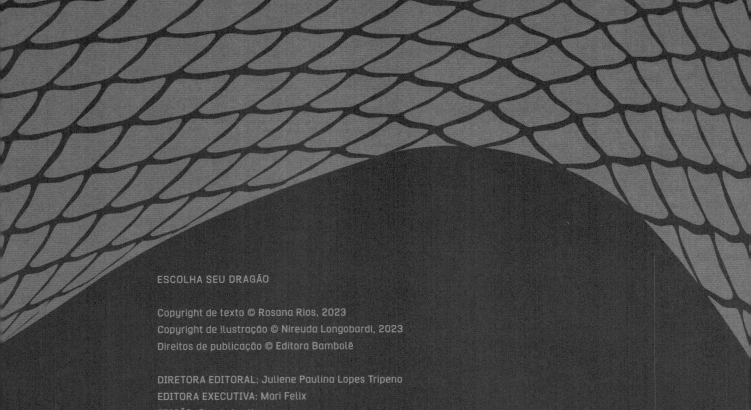

ESCOLHA SEU DRAGÃO

Copyright de texto © Rosana Rios, 2023
Copyright de ilustração © Nireuda Longobardi, 2023
Direitos de publicação © Editora Bambolê

DIRETORA EDITORAL: Juliene Paulina Lopes Tripeno
EDITORA EXECUTIVA: Mari Felix
EDIÇÃO: Cassia Leslie
AUTOR DO PARATEXTO: Eduardo Ponce
REVISÃO Christine Dias
PROJETO GRÁFICO Roberta Asse
EDIÇÃO DE ARTE Barbara Cutlak e Marina Smit

Dados Internacionais de Catalogação na Publicação (CIP)
Tuxped Serviços Editoriais (São Paulo, SP)
Ficha catalográfica elaborada pelo bibliotecário Pedro Anizio Gomes - CRB-8 8846

R586e    Rios, Rosana.
            Escolha seu dragão / Rosana Rios ; ilustração Nireuda Longobardi. 1. ed. Caieiras, SP : Bambolê, 2023.

            ISBN 978-65-86749-54-0
            1. Ficção - Literatura infantojuvenil
            I. Longobardi, Nireuda. II. Título.CDD 028.5
23-157314                                           CDD-028.5

ÍNDICE PARA CATÁLOGO SISTEMÁTICO
1. Ficção : Literatura infantil 028.5
2. Ficção : Literatura infantojuvenil 028.5
Aline Graziele Benitez - Bibliotecária - CRB-1/3129

Todos os direitos reservados e protegidos. Nenhuma parte deste livro pode ser reproduzida, total ou parcialmente, sem a expressa autorização da editora.

O texto deste livro contempla a grafia determinada pelo Acordo Ortográfico da Língua Portuguesa, vigente no Brasil desde 1º de janeiro de 2009.

Todos os direitos reservados à Editora Bambolê.

# SUMÁRIO

## AVISO IMPORTANTE 7

## DRAGÃO NA PAREDE 9

## O DRAGÃO, A PRINCESA E O CAVALEIRO 17
O dragão e o cavaleiro 18

## DRAGÕES DO ORIENTE 25
Os dragões da China 26

## UM DRAGÃO BRASILEIRO? 37
A história de Cobra Grande 40

## UM SUMIÇO MISTERIOSO... 47

## O PODER DOS DRAGÕES 53

## FOI SONHO? 59

Sobre a autora 67
Sobre a ilustradora 68
Sobre a obra 69
Dracolivros 71

# AVISO IMPORTANTE

Este livro revela muito segredos e Dracuriosidades (curiosidades sobre Dragões).

⌘

Se você ler a história até o fim, irá se transformar em um Guardião dos Segredos Dracônicos. Não é qualquer um que pode conhecer esses segredos: eles foram guardados no fundo das águas e no alto das montanhas por muitos séculos.

⌘

Por isso, após terminar a leitura, você terá de fazer o Dracojuramento (o juramento dos Guardiões dos Segredos Dracônicos).

⌘

Se não fizer isso, corre o risco de ser considerado apenas um dracurioso (curioso sobre dragões) e ser perseguido por nossos amigos dragões, que podem visitar os seus sonhos e fazer você ter pesadelos assustadores com monstros que cospem fogo, comem gente e têm um bafo horroroso.

⌘

Tome cuidado! Se não quer se tornar um Guardião, e nem quer ter pesadelos toda noite, feche o livro agora mesmo e não leia mais nada!

⌘

Se mesmo assim você quiser ler, lembre-se: o Dracojuramento está na página 63! Boa dracoleitura...

# DRAGÃO —NA— PAREDE

inha um dragão na parede da sala.
    Dani ficou analisando a gravura: era um homem montado a cavalo, vestido de armadura. Ele segurava uma lança comprida e, com ela, estava matando o dragão. A menina ficou com pena. Do dragão, não do cavaleiro. Por que, nos livros e nos filmes, os seres humanos matam os dragões? Dani sempre preferia as histórias em que havia amizade entre eles, não batalhas.
    Aquele da gravura era lindo! Parecia-se um pouco com os dinossauros dos filmes e livros, mas tinha:

> Corpo parecido com o de um lagarto gigante;
> ⌘
> Garras afiadas nas patas;
> ⌘
> Escamas feito escamas de peixe;
> ⌘
> Asas que pareciam asas de morcego.

— Quem é ele? — Dani perguntou à Bisa, que ia passando.

— São Jorge — a bisavó respondeu, apressada —, ele mora na Lua.

A garota pensou que os astronautas da NASA tinham ido à Lua e não haviam encontrado dragão nenhum, muito menos um sujeito de armadura. E foi correndo para o quintal da casa, contar aos primos.

Gabi estava sentada no chão, lendo um livro. Alê, o mais velho dos três, estava pendurado no muro do quintal. Olhava para o rio, que não ficava longe.

Dani era a mais nova. Sempre dizia que, quando a gente mora num apartamento na cidade grande, e nos fins de semana vai pra casa da Bisa numa cidade pequena, dá pra fazer várias coisas gostosas:

Sentar na terra do quintal até a roupa
ficar inteirinha marrom;

⌘

Comer doce feito em casa até a barriga
não aguentar mais;

⌘

Ler histórias de noite até os olhos
fecharem sozinhos;

⌘

Brincar com os primos até
cair de cansaço.

Quando Dani chegou no quintal, já foi contando:

— Vocês viram que tem um dragão na parede da sala? Ele tem asas de morcego e é lindo! A Bisa disse que a gravura é de São Jorge e que ele mora na Lua.

Do alto do muro, Alê olhou para a prima com cara de que garotos pré-adolescentes sabem mais do que meninas.

— Como você é boba! Não tem ninguém na Lua, só ficou lá o que sobrou das naves Apolo. E o homem que matou o dragão é que se chama São Jorge.

A prima franziu o nariz.

— Eu sei disso, e não sou boba, Alê! Mas já que você é tão entendido em tudo que existe, como é o nome desse dragão?

Alê embatucou. Não sabia.

Gabi parou de ler por um minuto e resolveu o assunto:

— Ele não precisa ter nome, oras. Eu já li um monte de histórias de dragões, e nem sempre dizem o nome deles. Tem autores que só escrevem: "aí o dragão tocou fogo na cidade", ou "o príncipe matou o dragão", e pronto.

— Pois eu acho muita maldade! — Dani concluiu. — Por que tinham de caçar um bicho tão bonito?

Os três começaram a lembrar os seriados, filmes e animações que tinham visto, com dragões de todos os tamanhos e jeitos. Alguns deles tinham nomes, nessas histórias; mas, com nome ou sem nome, a maioria acabava morrendo no final. E Dani continuava pensativa.

— Vocês acham que existiram dragões de verdade? Vai ver que eles sumiram da terra como os animais que entraram em extinção, por causa da caça e dos desmatamentos.

Nem Alê nem Gabi disseram nada. Alê continuava ocupado olhando o rio, e Gabi voltou a ler seu livro. Dani se sentou na terra do quintal e ficou quieta, ainda pensando na extinção dos dragões.

# DRACURIOSIDADES

De onde veio o nome dragão?

Essa palavra se originou do grego **drákon** e do latim **draco**.

Seu significado original vem da raiz grega **derk**, que quer dizer **ver**.

Dizem que os olhos dos dragões podiam enxergar tudo e até hipnotizar as pessoas. Em inglês antigo, o dragão era chamado também worm, wymr ou wyvern: **verme, serpente**.

Isso porque alguns dragões se parecem com uma cobra ou minhoca gigante.

# O Dragão, a Princesa e o Cavaleiro

Mas a garota queria saber mais sobre aquela história. Por isso, naquela noite, quando a Bisa desligou a tevê e os pais de todo mundo começaram a bocejar, Dani chamou a bisavó e pediu:

— Bisa, conta pra mim a história do São Jorge, do dragão e da Lua? Do jeito que você contava quando a gente era bem pequeno?

Contar e ouvir histórias à noite é muito gostoso, mesmo para quem — como os três primos — já não é mais criança e está beirando a adolescência.

A Bisa, acostumada a fazer aquilo desde sempre, foi abrindo a porta da sala para sair no quintal da frente. Estava uma noite agradável.

Gabi fechou o livro que estava lendo. Alê pausou a música que estava ouvindo e tirou os fones de ouvido. Foram atrás de Dani, que se sentou nos degraus da porta e olhou a noite.

Olhar a noite numa cidade pequena é legal, porque a gente pode:

Sentir o perfume das damas-da-noite e
outras flores que abrem no escuro;

⌘

Olhar a Lua, que é mais bonita vista do
quintal do que da janela;

⌘

Ver as estrelas, porque em cidadezinhas
parece haver mais estrelas no céu;

⌘

Sentir o medinho que os cri-cris de grilo e
a escuridão dão na gente.

Os pais dos três resmungaram um bocado, porque já era tarde; mas, pouco a pouco, eles foram se chegando lá fora pra ouvir também (menos um dos tios, que nunca parava de falar no celular).

E a Bisa contou a história.

## O Dragão e o Cavaleiro

Há muito tempo, em terras distantes, havia um reino de nome Líbia. E uma cidade daquele reino, em certa época, foi assolada por um enorme dragão.

Ele era alado. Voava sobre as casas e fazendas, atacava as pessoas e seus rebanhos, causando morte e destruição. Às vezes, também soltava fogo pela boca e incendiava construções e plantações.

No desespero, o povo acabou descobrindo que, para acalmar a fúria do dragão, era só entregar a ele uma vítima para ser devorada. De tempos em tempos, começaram a sortear as pessoas para serem sacrificadas ao dragão. E, por um certo período, o monstro parou de atacar a cidade e destruir as plantações, já que tinha sua refeição assegurada.

Como o rei do local era justo, até ele e sua família participavam do sorteio. E aconteceu que, certa vez, a vítima sorteada foi a princesa, sua filha! A pobre moça era muito querida pelo povo, mas todos sabiam que não era possível voltarem atrás na escolha: seria injusto escolherem outra pessoa.

E ela não se negou a morrer: no dia marcado, deixou que a levassem para fora da cidade, onde o dragão costumava ir para encontrar suas vítimas...

Porém, a morte não seria seu destino, naquele dia. Passava pela região um cavaleiro cristão nascido na Capadócia, chamado Jorge. Quando ele estava chegando à cidade, viu o dragão se aproximando, pronto a atacar — e a princesa ali, parada! Jorge nem piscou: empunhou a lança e enfrentou o monstro.

Foi uma luta difícil, mas o cavaleiro salvou a princesa e matou o dragão. Depois, levou a moça de volta para casa. Dizem que o rei e o povo do reino ficaram tão agradecidos pelo salvamento, e por ficarem livres do dragão, que todos se converteram ao Cristianismo.

Quanto a Jorge, viveu ainda outras aventuras. Depois de algum tempo, foi até considerado um santo. No século XVI, Jorge se tornou o santo protetor da Inglaterra.

As lendas dizem que, após sua morte, Jorge e o dragão foram levados para a Lua. E que, nas noites de lua cheia pode-se até enxergar a sombra dos dois, lá longe, no círculo iluminado que boia no céu...

Naquela noite, todo mundo sonhou com a Lua e com o dragão que morava lá (e Dani concluiu que os astronautas não o viram porque, provavelmente, ele se escondeu dentro de alguma cratera).

# DRACURIOSIDADES

**Dragão bota ovo?**

Os dragões se parecem com os répteis ou com os pássaros, que se reproduzem através de ovos. Assim, a tradição diz que as fêmeas dos dragões também botam ovos. Acredita-se que os filhotes de dragões podem demorar muito tempo (anos ou até séculos) para sair do ovo. Eles precisam de calor para ser chocados. Em algumas histórias, para um ovo de dragão quebrar, ele deve ser colocado no fogo. Em outras, o dragãozinho só nasce quando uma pessoa especial chega perto dele: essa pessoa será o futuro cavaleiro do dragão, depois que ele crescer e aprender a voar.

# DRAGÕES — DO — ORIENTE

N a manhã seguinte, Gabi saiu com a mãe para fazer compras.

Quando entraram na mercearia do senhor Wang para comprar frutas, ela viu uma estátua dourada sobre uma prateleira. Ficou encantada: era um dragão, mas bem diferente do que havia na gravura da Bisa. Ele tinha:

Corpo comprido como de cobra;

⌘

Rabo cheio de espinhos espetados;

⌘

Uma bola brilhante entre as patas da frente;

⌘

Olhos enormes, bem arregalados.

O dono da mercearia estava anotando os pedidos da mãe de Gabi, e notou o olhar da garota. Ele disse:

— Gostou do meu dragão? Ele se chama Long Wang.

Ela ergueu o braço e passou os dedos pelo corpo escamoso da estatueta.

— Não mexa aí, Gabi! — ralhou a mãe.

Mas o senhor Wang não se importou; pegou o dragão dourado e deixou nas mãos da garota.

— Esse dragão não voa? — ela perguntou. — O dragão do São Jorge tem asas. E por que ele tá segurando uma bola? Isso aqui na cabeça dele parecem chifres! Eu não sabia que dragão tinha chifre. E como é que...

Um olhar da mãe fez Gabi ficar quieta. O dono da mercearia riu.

— Este é um dragão oriental, bem diferente daquele do São Jorge, que é ocidental. Se você quiser, hoje à tarde, quando eu for levar a encomenda da sua bisavó, conto um pouco sobre os dragões chineses, que tal?

Gabi ficou feliz com o oferecimento do homem. Não via a hora de voltar para casa e contar a novidade aos primos.

Dani adorou saber daquilo; passou o dia no maior assanhamento, de olho no portão da rua, até que o carro do senhor Wang apareceu e parou em frente à casa. O homem se pôs a descarregar a encomenda de frutas, e Alê até largou os fones de ouvido para ir chamar Gabi.

Foi na cozinha da Bisa, entre dúzias de bananas e laranjas, cercados por melancias, abacaxis, peras e maçãs, que os três primos ouviram contar sobre os dragões chineses.

## Os Dragões da China

Na China, acredita-se que quatro animais são muito importantes e mandam em todos os outros: a **fênix**, a **tartaruga**, o **unicórnio** e o **dragão**.

Dizem que os dragões chineses têm cabeça de camelo,

chifres de cervo, olhos de demônio, orelhas de vaca, corpo de serpente, escamas de peixe, barriga de molusco, unhas de águia e patas de tigre. O povo acredita que eles são os antepassados dos antigos imperadores da China. Nos mitos, são eles os guardiões das águas: comandam a chuva, as nuvens, os mares, lagos e rios.

Mas não são malignos, pelo contrário: são seres benéficos e poderosos. Vivem em palácios de cristal sob as águas e possuem tesouros imensos.

Um dos objetos mais valiosos desses tesouros é a pérola do dragão. Por isso, alguns dragões são representados com uma pérola na pata dianteira ou na testa, entre os olhos. Se um ser humano ganhar uma pérola de dragão, pode ter grande felicidade; mas também pode correr perigo.

Há uma lenda sobre isso, que fala de um rapaz que vivia com sua mãe em um casebre muito pobre, numa pequena aldeia. Eles trabalhavam de sol a sol cortando erva nos campos para alimentar o gado. Vendiam o que conseguiam cortar e, assim, podiam comprar comida para ambos.

Mas houve um ano de grande seca, em que a terra esturricou e o rapaz quase não conseguia encontrar erva para cortar.

Certo dia, quando estava andando pelos campos, foi parar num pequeno vale cheio de mato alto e verdejante. Feliz, ele cortou tudo que encontrou e levou para vender na cidade. O estranho é que, no dia seguinte, quando voltou ao mesmo lugar, a erva estava crescida de novo, mais verde que antes!

Como isso acontecia todos os dias, o garoto resolveu investigar.

Cavoucou entre as raízes das plantas e encontrou uma enorme pérola cor-de-rosa. Logo pensou que poderia ganhar bastante dinheiro, vendendo-a. Levou-a para casa e mostrou à sua mãe. A velha senhora guardou a pérola no pote onde armazenava o arroz, que estava quase vazio.

Que surpresa! No dia seguinte, o pote estava cheio de arroz. Tentaram então colocar a pérola no pote de azeite e, na manhã seguinte, ele estava cheio também. Experimentaram, dessa vez, pôr a pérola numa caixa em que guardavam suas poucas moedas. E o mesmo aconteceu: a caixa se encheu de moedas!

O garoto logo percebeu que o vale em que ele cortava erva tinha ficado seco como todas as terras ao redor, e concluiu que a magia vinha da pérola, que devia ter pertencido a um dragão.

Porém, conforme ele e a mãe enriqueciam, seus vizinhos começavam a ficar com inveja. Um dia, os mais curiosos foram lá e ameaçaram o rapaz e sua mãe para contarem de onde vinha tanta riqueza. Apavorado, ele não sabia o que fazer para que eles não lhe roubassem a pérola. Desesperado, colocou-a na boca. Quando viram aquilo, os vizinhos sacudiram o garoto para que a cuspisse. Mas, em vez disso, ele a engoliu!

Sentiu então uma sede imensa e correu para o rio, onde se pôs a beber água com tanta ânsia que bebeu toda a água que havia lá. No mesmo instante, soou um trovão, surgiram nuvens, e começou a cair uma chuva muito forte; o leito do rio foi se enchendo de novo, mas...

O rapaz não era mais o mesmo: seus braços e pernas incharam, seu corpo se tornou um corpo de serpente, e começaram a surgir escamas no lugar da pele. Estava se transformando em um dragão!

Ele entrou pelo rio, que tinha voltado ao normal com a chuva. A mãe gritou para que voltasse, mas agora seu filho era um dragão. Não podia voltar; desapareceu no rio, e nunca mais ele ou sua pérola retornaram àquele lugar.

\*\*\*

Quando o senhor Wang terminou sua história, olhou em torno e viu que quase toda a família havia se reunido na cozinha para ouvir o que ele tinha a contar. A Bisa estava disfarçadamente guardando as frutas, ajudada pela avó e suas filhas. Os pais também estavam por perto. Até o tio que não largava do celular estava do lado de fora, na janela, fingindo que falava ao telefone, mas sem perder uma palavra da história.

Afinal, o dono da mercearia se despediu de todos e foi embora.

Os três primos correram para o quintal, querendo conversar sossegados antes que a noite caísse.

— Eu gostei mais dessa história do que da outra — disse Gabi, apoiando-se no muro no fundo do quintal. Faz mais sentido: o garoto que virou dragão não soltava fogo pela boca nem comia gente.

— Isso é porque ele é chinês — Alê explicou, com ar de entendido em todos os assuntos —, e os dragões orientais são benéficos, não são antropófagos.

— Não sei, não. — Dani teimou. — Quem prova que os dragões ocidentais eram malvados? Vai ver que eles eram legais, as histórias é que estão erradas.

Os dois olharam para ela com cara de *minha-prima-é--tão-criança...*

— Como uma história pode estar errada? — Gabi resmungou. — História é história, vem da tradição, é do jeito que a pessoa contou e pronto.

— E tudo o que a gente ouviu até agora foram só lendas, ou seja: coisas inventadas — Alê explicou, todo sério.

— Quem foi que escreveu as lendas? — A garota cruzou os braços, teimosa. — Foram os homens ou os dragões?

— Os homens, claro!

— Pois então. Garanto que se os escritores tivessem sido os dragões, as histórias seriam diferentes! Vai ver o tal dragão que o São Jorge matou não estava fazendo nada de mal, só ia passando lá pela tal da Líbia ou da Capadócia numa viagem de turismo, e a princesa viu, achou que era um monstro malvado e saiu berrando, aí tudo que foi cavaleiro apareceu pra defender a moça, até que o São Jorge meteu a lança no coitadinho...

Alê perdeu a seriedade e começou a rir.

— Imaginem só, um dragão fazendo turismo!

Eles pararam para imaginar aquilo, e a ideia era tão engraçada que os três desandaram a rir. Era estranho imaginar o dragão:

Carregando uma mochila nas costas;

⌘

Olhando folhetos de turismo enquanto voava;

⌘

Usando um boné com os dizeres:
"Visite a Líbia";

⌘

Comprando lembranças com a etiqueta
"Made in Capadócia".

Quando pararam de rir, as mães dos três estavam na porta dos fundos olhando para eles, preocupadas. Não era normal ver três pré-adolescentes num quintal, sem celular nenhum, sem games, sem gibis, e rindo daquele jeito.

Naquela noite, ninguém precisou contar histórias. Enquanto os adultos viam televisão, os primos ainda ficaram conversando sobre as diferenças entre os dragões chineses e os ocidentais, recordando tudo que tinham visto em seriados e desenhos, até o sono bater.

# DRACURIOSIDADES

**Dragão voa? Como, se ele é tão pesado?**

Alguns dragões das histórias voam, mas não todos. Os dragões das histórias chinesas, por exemplo, não têm asas. Acredita-se que os dragões alados possuam asas grandes e fortes, capazes de sustentar o corpo no voo. Outros dizem que os dragões na verdade são leves, e que suas glândulas produzem o gás hidrogênio — isso faz o dragão voar como um balão. Mas algumas pessoas acham que eles voam simplesmente porque são criaturas mágicas.

# UM DRAGÃO BRASILEIRO?

Se sonharam com dragões, ninguém se lembrou dos sonhos. E, durante o café da manhã, o assunto continuou, só que de um jeito diferente...

Para tristeza dos três, estava chovendo muito naquela manhã. Uma chuva grossa e que parecia que não ia terminar nunca.

Chuva no domingo quer dizer que:

O dia vai ser sem graça;
⌘
A gente não vai poder sair e passear;
⌘
Não dá para tomar sol no quintal;
⌘
Não dá para olhar o rio passando lá longe.

Os três estavam tomando café com leite muito desenxabidos, na grande mesa da cozinha, quando dona Cristina entrou e começou a descarregar os pratos que havia trazido.

Dona Cristina era a doceira mais conhecida da cidade. Quando a Bisa tinha visita da família, encomendava a ela doces e tortas para o almoço de domingo. Além disso, ela sempre contava histórias muito boas sobre assombrações, sacis e lobisomens.

Depois de colocarem os doces na geladeira e as tortas no forno, ela e a Bisa começaram a descascar as bananas de um cacho enorme que o avô cortara, fazia vários dias, da bananeira no fundo do quintal.

— O que vocês vão fazer, Bisa? — Alê perguntou.

— Bananada. As frutas estão maduras, no ponto de fazer doce.

O garoto se interessou. Ele tinha bastante jeito na cozinha.

— A gente pode ver? — pediu.

— Claro — disse dona Cristina.

E foi com a chuva batendo na vidraça, e as duas senhoras descascando e amassando bananas para cozinhar num enorme tacho, que a doceira comentou:

— Tá chovendo forte. Desse jeito, daqui a pouco o rio transborda e Cobra Grande acorda...

— Tem cobra no rio?! — Dani, que tinha chegado perto, encolheu-se.

Ela tinha pavor de cobras. Alê e Gabi riram do medo da prima.

— Não riam não, que vocês também têm medo de cobra, que eu sei! — a bisavó provocou. — E o Cobra Grande é só o personagem de uma história, não existe de verdade.

Dona Cristina riu gostoso.

— Mas é uma história danada de boa, querem ouvir?

Quem é que não quer ouvir histórias de assustar, ainda mais quanto não para de chover e não dá pra sair de casa?

## A História de Cobra Grande

Mora no fundo do Grande Rio o poderoso Boiúna ou Boiuçú, o Cobra Grande. Ele é senhor de todas as águas e viaja de um rio para outro, com seu imenso corpo de cobra e seus olhos enormes, que tudo enxergam.

Foi o Cobra Grande que guardou a Noite dentro de um caroço de tucumã e escondeu no fundo do rio. Ela foi libertada por alguns indígenas curiosos, que deixaram a Noite escapar e cobrir o mundo com a sua escuridão. Foi também o Cobra Grande quem criou as Cataratas do Iguaçu, quando deu um salto e uma cabeçada no fundo do rio; o buraco que se abriu foi tão grande que formou aquela enorme cachoeira.

Dizem que Boiúna teve filhos, e dois deles ficaram famosos: Maria Caninana e Cobra Norato. Ela era uma serpente malvada e encantada, que se divertia fazendo virar os barcos dos pescadores; e ele, seu irmão, tentava salvar todos os que Maria atacava. A lenda diz que Norato, um dia, se desencantou e virou um ser humano: até hoje ele vive numa cidadezinha do Norte.

Mas Cobra Grande sempre visita outros lados de nossa terra, e suas histórias percorrem quase todo o Brasil. Seu parente, o Boitatá, também anda por aí espalhando o medo com seus dois enormes olhos de fogo. Eles são senhores do Fogo e da Água.

Conta-se que Cobra Grande, ou seus filhos, às vezes adormecem debaixo da terra; em várias cidades pequenas é dito que uma serpente gigante dorme com a cauda mergulhada num rio, e a cabeça debaixo da igreja matriz. Não se deve tirar os santos do altar, nem acordar a enorme serpente — senão ela pode se mexer, causar um terremoto e destruir a cidade!

Outras pessoas acham que os filhos de Cobra Grande podem se transformar em homem ou em mulher. Uma lenda diz que, nas festas de São João, sempre aparecia na cidade uma moça muito bonita, que dançava a noite inteira, depois sumia.

Uma vez, um homem foi atrás dela e a viu entrar numa casa. Mas, quando ele abriu a porta da casa, deu com uma serpente gigante que enchia a sala inteira! O homem gritou, a cobra fugiu para o rio — e, depois desse dia, nunca mais a moça apareceu dançando na festa de São João.

Outra lenda conta que, às vezes, Cobra Grande atrai as pessoas para as margens dos rios. Ele surge transformado num navio prateado, logo depois da meia-noite. O povo acha lindo ver o navio chegar perto, todo iluminado... mas quando a embarcação se aproxima, descobrem que é um navio fantasma, com os mastros feitos de ossos humanos e as velas feitas de mortalhas costuradas. De repente, tudo desaparece no meio das águas e as pessoas ficam apavoradas!

Esse é Cobra Grande, o misterioso senhor das águas e dono de grande poder, cujos segredos ninguém descobriu — e, se descobriu, não viveu para contar.

O almoço daquele domingo foi daqueles que tem tanta coisa gostosa na mesa que a gente nem sabe o que escolher para pôr no prato, e quando termina de comer ainda tem um monte de misturas que não experimentou.

Depois da sobremesa, estava todo mundo tão estufado de saladas e suflês e cozidos e assados e tortas e doces que foram se sentando pelos sofás, bancos e cadeiras da casa, com preguiça demais de fazer qualquer coisa. Até o celular do tio deu sinal, e ele nem se deu ao trabalho de olhar; ficou só cochilando no sofá da sala.

Os primos passaram um tempo discutindo as histórias do Cobra Grande e imaginando se alguém da cidade já o teria visto aparecer no rio que passava por lá. Gabi achava que não, Dani acreditava que sim; mas os três concordaram em que ele era praticamente um dragão! E dragão brasileiro.

Depois, Dani foi brincar no quarto com sua coleção de ursinhos de pelúcia, fingindo que eram dragões. Até nas viagens, ela os levava... Gabi esqueceu que era quase uma adolescente e concordou em brincar com a prima.

Alê achava que brincar com ursinhos era coisa de bebê (ele tinha um também, de quando era pequeno, mas só pegava no fundo do armário se não tivesse ninguém olhando), e foi para o quintal.

Pôs os fones no ouvido e escolheu as músicas que desejava ouvir. Ficou pendurado no muro dos fundos, olhando o rio. Nunca diria isso para as primas (elas eram tão crianças!), mas estava imaginando o que faria, se o Cobra Grande saísse de lá e aparecesse para ele...

43

# DRACURIOSIDADES

É verdade que dragão cospe fogo?
E se ele beber água, o fogo apaga?

Nem todo dragão das histórias cospe fogo. Há livros em que os dragões jogam jatos de ácido, e outros projetam gelo. Mas os que soltam fogo devem possuir glândulas para produzir um gás inflamável como o hidrogênio; quando o dragão "sopra" esse gás, o contato com o ar (ou com outras substâncias químicas que o corpo do dragão pode produzir) faz o gás pegar fogo. Segundo essa ideia, defendida por alguns autores, as glândulas que fabricam as substâncias inflamáveis ficam longe da garganta e do estômago do dragão. Assim, se ele beber água, ela não apaga nenhum fogo: porque o fogo só vai surgir em contato com o ar, fora do corpo do dragão.

# UM SUMIÇO MISTERIOSO...

Quando chegou o fim da tarde daquele domingo, estava na hora de todo mundo se despedir. As mães e pais fizeram as malas, os tios começaram a beijar as sobrinhas, a Bisa foi preparar pratinhos de doce para cada um levar.

De repente, despencou a encrenca.

— Cadê o Alê?

Ninguém sabia. As meninas tinham visto o primo sair para o quintal depois do almoço, e só. Procura que procura, olharam em todos os cômodos, debaixo das camas, dentro dos armários, berraram o nome do garoto por toda parte, e nem sinal dele.

O pai e a mãe do Alê saíram pela vizinhança, procurando. A Bisa telefonou pra todos os amigos, para os conhecidos e os desconhecidos, enquanto o tio pegava o celular e ligava para a delegacia.

Nada.

Já estava anoitecendo, e nem sinal de o Alê aparecer...

— E se um dragão pegou ele? — Dani sugeriu.

— Não tem dragão por aqui — disse Gabi.

— Tem o rio — a pequena teimou. — E a dona Cristina diz que, nos rios, vive o Cobra Grande. Ele também é um tipo de dragão, ora bolas.

Gabi esqueceu que era mais velha, e ficou tão assustada que achou que a prima tinha razão. Corpo de serpente, olhos de fogo, gosta de assustar gente e mora no fundo das águas? Dragão.

Saíram as duas berrando pela casa.

— Mãe! Pai! Vó! Bisa!

Demorou um pouco para os adultos prestarem atenção a elas, mas afinal a bisavó botou as mãos na cintura e perguntou:

— O que vocês querem, meninas? Estamos procurando o Alê!

— Mas Bisa... — Gabi começou.

— A gente sabe pra onde ele foi — Dani completou.

E contaram como eles haviam comentado a história de dona Cristina, e falado na hipótese de que o Cobra Grande vivia lá no rio. O Alê podia ter ido até lá para conferir...

Ao ouvir falar em rio, a mãe do primo desmaiou e o pai saiu correndo para o quintal. O tio pegou o celular e ligou para a polícia de novo.

Dali a pouco, estava a família toda, e mais os vizinhos, percorrendo as margens do rio e berrando o nome do garoto.

# DRACURIOSIDADES

**Tem dragão em todo lugar do mundo?
E no Brasil?**

Existem lendas sobre animais fabulosos em todo o mundo. Alguns são chamados de dragão e outros não, mas eles parecem ser todos parentes. Seus corpos sempre são parecidos com os de serpentes ou jacarés; alguns têm asas e outros não, alguns comem gente e outros não, alguns são ferozes e outros são sábios. Mas em todas as histórias (até nas histórias do folclore brasileiro, como as das cobras encantadas), esses seres são poderosos e comandam o fogo e a água.

Por isso, podemos dizer que os dragões e seus parentes existem na imaginação de todos os povos do mundo.

# O PODER DOS DRAGÕES

le estava com sono, muito sono. Cansado de ficar no quintal, havia pulado o muro. Como a chuva havia parado, andou um pouco e procurou um bom lugar para se sentar. Encontrou uma pedra coberta de musgo verdinho e macio, de onde podia ouvir a música das águas, que estava parecendo mais agradável que a dos fones de ouvido. Tinha acabado de se ajeitar na pedra quando ouviu a voz, grossa e assustadora:

— O que você veio fazer aqui, menino?

Ele olhou para o rio e viu a imensa serpente saindo das águas. Tinha...

> Corpo verde e dourado;
> ⌘
> Escamas molhadas pelo corpo todo;
> ⌘
> Olhos brilhantes e arregalados;
> ⌘
> Boca cheia de dentes afiados.

— Eu... eu só queria descansar.

— Vá descansar em casa. Aqui é perigoso. Você pode dormir e escorregar pra dentro do rio. E quem cai no rio me pertence.

O garoto se encolheu sobre a pedra, mas não saiu de lá.

— O senhor é um dragão, não é?

O monstro chegou bem perto dele com a cabeça de cobra pingando água. O menino viu que da cabeça saíam escamas maiores, parecendo chifres. Os olhos flamejavam, como se houvesse mesmo fogo dentro deles.

— Como você sabe? — ele perguntou. — Esse segredo sempre esteve guardado no fundo das águas e no alto das montanhas.

Alê não soube direito o que responder. Improvisou.

— Eu sei... porque sei. Existem os dragões com asas das histórias europeias. Tem os dragões-serpente da China. E tem as cobras-grandes dos rios. Deduzi que são todos parentes. Todos dragões.

O Cobra Grande ergueu bem alto a cabeça serpentina e riu. Alê percebeu um montão de dentes amarelados, todos de pontas afiadas. O bafo era horroroso. Depois, o monstro olhou para ele.

— Você acertou, menino. Somos todos dragões, antigos como a Terra, poderosos como os rios. Somos os Senhores da Água e do Fogo, sempre existimos e sempre existiremos. Antigamente, os humanos vinham nos caçar, mas hoje quase ninguém acredita que nossas histórias são verdadeiras... E agora, um garoto desvendou o segredo. O que vou fazer com você?

Alê quis dizer que não era um "garoto", era um adolescente! Mas sentiu um baita medo.

Aquele monstro podia sumir com ele com uma mordidinha. Ele era como um biscoito, diante daquela boca cheia de dentes. Então lembrou de Dani e Gabi, que ele achava serem muito medrosas, e pensou que não podia demonstrar o que estava sentindo. Devia ser corajoso como os heróis das histórias de fantasia! Criou coragem e disse:

— Não precisa se preocupar, seu Cobra Grande. A única pessoa que acredita no senhor por aqui é a dona Cristina, e ninguém liga pras histórias dela. Ninguém liga pro que eu falo, também. Se eu disser para a minha mãe que vi um monstro alienígena de três metros babando gosma roxa, ela vai rir e dizer que foi minha imaginação.

O dragão-cobra o olhou de novo, e Alê podia jurar que o bicho estava com pena dele.

— Nesse caso, é melhor você dormir, menino. Durma e sonhe...

Ele sentiu a força hipnótica do olhar do monstro forçando seus olhos a se fecharem. Não queria dormir, pois o Cobra Grande podia estar só esperando que ele caísse no sono para devorá-lo!

Mas não pôde lutar contra o poder do dragão.

# DRACURIOSIDADES

**Todo dragão tem um tesouro escondido?**

*Nem todos, mas, em muitas histórias, os dragões adoram objetos brilhantes e preciosos. E, como parece que eles gostam de dormir em cavernas, juntam no fundo dessas cavernas as riquezas que recolhem por aí. A figura do dragão dormindo em cima de um tesouro é muito comum. Algumas pessoas dizem que, como o ponto mais vulnerável do dragão é a barriga ou o pescoço (é nesse ponto que os heróis tentam atingir os dragões com suas flechas, espadas ou lanças), eles ficam muito tempo dormindo sobre o ouro, o diamante e as pedras preciosas para que eles grudem em sua barriga e os protejam se alguém tentar feri-los nessa parte do corpo. Seja como for, todos concordam em que roubar o tesouro dos dragões dá muito azar, pois as riquezas estão cheias de encantamentos malignos.*

# FOI SONHO?

lha ele ali! — gritou o tio, botando o celular no bolso e correndo na direção da grande pedra coberta de musgo.

O pai de Alê chegou primeiro e pegou o filho adormecido no colo, apesar de ele já estar bem grandinho. A avó e as tias chegaram e conferiram se todos os braços e pernas estavam inteiros. Ele abriu os olhos e esfregou-os, incomodado com tanta gente ao seu redor.

— Me deixa... Quero dormir.

— Filho, o que aconteceu? — o pai indagou, ansioso. — Estávamos morrendo de preocupação.

O garoto desceu para o chão e bocejou, ainda meio zonzo.

— Nada, pai. Foi o dragão, ele me hipnotizou. Agora, posso dormir mais um pouquinho?

Foram para casa. Ninguém duvidou de que Alê tinha sonhado com dragões. E nenhum dos adultos acreditou quando ele disse que tinha Cobra Grande naquele rio; só dona Cristina arregalou os olhos e saiu se benzendo. Dani e Gabi também acreditaram, mas ficaram bem quietas.

Quando os três primos se viram sozinhos, na hora das despedidas, puderam conversar um pouco enquanto seus pais colocavam as bagagens nos carros.

— Você teve sorte de não virar janta de dragão, Alê — Dani comentou.

— Eu sei — o adolescente concordou, esquecendo de tratar as primas como crianças. — Mas eu não acho que o Cobra Grande come gente de verdade. Pra mim, ele estava só querendo proteger o rio e os segredos dos dragões. Quando ele abriu aquela bocona, deu pra sentir o bafo: era cheiro de peixe. Concluí que ele come peixe, não gente.

— Mesmo assim, foi perigoso — Gabi lembrou, com um arrepio. — O pior é que ninguém acredita, não é? Nossos pais e avós e a Bisa acham que você teve um sonho.

Alê riu.

— Não faz mal. Depois dessa experiência, a gente pode considerar que os dragões existem! E agora conhecemos mais algumas das histórias deles. O que acham de a gente descobrir outras? Vai dar até pra escolhermos qual dragão é o mais interessante...

Dragões alados que cospem fogo das histórias europeias.

⌘

Dragões mágicos das histórias orientais.

⌘

Dragões-cobra das histórias do folclore.

⌘

Dragões que a gente pode imaginar como quiser...

Os carros partiram, a Bisa fechou as cortinas e a casa ficou silenciosa. Em outros fins de semana, a família iria se reunir de novo, para outros almoços e jantares e conversas e abraços.

Lá fora, o sol se punha com nuvens rosadas e alaranjadas colorindo o céu.

No rio, as cores do céu brincavam na correnteza. E, entre as águas escuras, dois olhos de fogo brilhavam. Mas logo o céu escureceu e os olhos sumiram.

Os segredos dos dragões continuavam seguros, guardados no fundo escuro das águas.

# DRACURIOSIDADES

### Dragão é parente de dinossauro?

O dragão parece ser um réptil, parente de cobras e jacarés, e descendente dos antepassados dos pássaros, os sáurios alados como o Pteranodonte. Os antigos dinossauros desapareceram antes que o homem surgisse, e os dragões podem ter sido extintos também.

Ou não... tem quem acha que ainda podem existir dragões escondidos por aí.

Algumas pessoas, que não acreditam em dragões, dizem que os homens inventaram a lenda dos dragões porque, quando os antigos encontravam ossos de dinossauros enterrados, não sabiam de que bicho eram aqueles ossos. Por isso inventaram um animal que teria existido antigamente, grande e feroz. Segundo essa hipótese, foi assim que surgiram as primeiras histórias de dragões — tudo por causa dos ossos dos animais que (mais tarde) se descobriu serem os grandes sáurios do passado.

Outros acreditam que, já que existiram animais imensos como os Tiranossauros, podem muito bem ter existido dragões também...

# DRACOJURAMENTO

*Você leu este livro e ficou sabendo de muitos segredos a respeito de dragões. Chegou a hora de prestar um juramento importante! Erga a mão direita e diga em voz alta:*

⌘

Eu, (aqui você fala o seu nome),
juro que nunca revelarei a ninguém
os segredos dos Dragões,
nem onde eles moram e se escondem.
Agora sou um Guardião dos Segredos Dracônicos
e devo proteger os dragões
em todos os lugares do mundo!

⌘

# SOBRE A AUTORA DESTE LIVRO

**ROSANA RIOS** nasceu em São Paulo, é escritora, ilustradora, arte-educadora e roteirista. Formada em Educação Artística e Artes Plásticas pela Faculdade de Belas Artes de São Paulo, ela iniciou a sua carreira em 1986, atuando como roteirista da TV Cultura de São Paulo.

Em sua trajetória como escritora para o público jovem, ela tem encantado diversos leitores com suas histórias repletas de aventura, ternura, encantamento e muita cultura. Dedica-se, desde sempre, a pesquisar mitologia e folclore, temas presentes em várias de suas obras.

A autora tem mais de 180 livros publicados e já ganhou diversos prêmios por suas obras. Alguns deles são o Selo Altamente Recomendável para Criança da FNLIJ, conferido a diversas de suas obras, Prêmio Lúcia Benedetti de Melhor Livro de Teatro em 2006 para o livro *O caminho das pedras*, Prêmio Orígenes Lessa de Melhor Livro Juvenil e Prêmio Jabuti de Literatura Juvenil pela obra *Iluminuras* em 2016, além dos prêmio de Distinção e Seleção e Cátedra UNESCO de Leitura em 2017, 2018, 2019 e 2021.

# SOBRE A ILUSTRADORA DESTE LIVRO

Nascida em Touros, Rio Grande do Norte, **NIREUDA LONGOBARDI** vive com a família em São Paulo. Formada em Educação Artística e Artes Plásticas pela Faculdade de Belas Artes de São Paulo, é especialista em Educação Ambiental pela Universidade de Santo Amaro. Trabalhou como professora de Artes em escolas do Estado, Prefeitura e na Casa de Solidariedade de São Paulo. Atualmente, ela trabalha em seu ateliê, dedicando-se exclusivamente à escrita e à ilustração de livros para os públicos infantil e juvenil.

Seus livros já foram selecionados para os catálogos da Fundação Nacional do Livro Infantil Juvenil (FNLIJ), representando o Brasil na Feira de livro de Bologna e na BIB — Bienal Internacional de Bratislava — Eslováquia.

# SOBRE A OBRA

*Escolha seu dragão* acompanha Alê. Dani e Gabi descobrindo o mundo repleto de fantasia dos dragões. Nós, leitores, somos convidados a embarcar junto deles nessa jornada repleta de elementos maravilhosos e muitas curiosidades sobre essas criaturas fascinantes.

Ao se deparar com a gravura de um dragão na parede da sala, Dani decide pedir para que a sua bisavó conte a história de São Jorge. A partir daí, mergulhamos em histórias sobre dragões europeus, orientais e brasileiros, descobrindo que cada cultura representa essa criatura mitológica de uma forma.

A cada capítulo, somos transportados ao lado dessas três personagens para ouvir uma nova história de dragão, de maneira que nos sentimos dentro da narrativa, vivenciando a experiência de ouvir essas histórias transmitidas pela oralidade.

Ao final de capa capítulo, o livro nos apresenta curiosidade sobre dragões, as *Dracuriosidades*, que tornam a nossa experiência de leitura muito mais divertida e instigante. É muito interessante ter a oportunidade de conhecer essas informações adicionais, não é mesmo?

Após conhecermos a história de Cobra Grande, descobrimos que Alê desaparece, e então a narrativa nos apresenta o encontro dele com o dragão. Seria um sonho ou esse encontro realmente aconteceu? O que você imagina? Perceba como o final da novela nos deixa na dúvida sobre o momento em que Alê se encontra com Cobra Grande. Dessa forma, somos levados a continuar a pensar sobre a narrativa, de maneira que, para construir sentido sobre o que nós lemos, temos de repensar toda a jornada para chegar a uma conclusão.

Vimos, de maneira breve, que o enredo de *Escolha seu dragão* nos mantém conectados com essa história tão rica.

# DRACOLIVROS

Nestes livros, você pode encontrar algumas histórias de dragões:

⌘ **O Hobbit** — J. R. R. Tolkien. Editora Harper Collins.

⌘ **A Viagem do Peregrino da Alvorada** (Crônicas de Nárnia) — C. S. Lewis. Editora Martins Fontes.

⌘ **Dragões do crepúsculo de outono** (Crônicas de Dragonlance) — M. Weiss / T. Hickman. Ed. Jambô.

⌘ **Eragon** — Christopher Paolini. Ed. Rocco.

⌘ **Harry Potter e o cálice de fogo** — J. K. Rowling. Ed. Rocco.

⌘ **O Anel do Nibelungo** — Appris Editora.

⌘ **Os 12 trabalhos de Hércules** — Monteiro Lobato. Editora Globo.

⌘ **Sete perguntas para um dragão** — Rosana Rios. Ed. Prumo.

⌘ **O pequeno dragão** — Pedro Bandeira. Ed. Moderna.

Este livro foi composto nas fontes
**Hurufo & Numero** e **Cinzel**.